MES

QUARANTE ANS,

ÉPITRE.

PAR M. DE LABOUÏSSE.

A NARBONNE,

DE L'IMPRIMERIE DE FRANÇOIS CAILLARD.

M. DCCC. XIX.

A MM. LES ÉLECTEURS

DU

DÉPARTEMENT DE L'ARIÈGE.

MESSIEURS,

JE ne sais pourquoi il est passé en usage de nous présenter toujours pour exemple une nation voisine et rivale, dont les intérêts, les habitudes, les opinions, les sentimens diffèrent si fort des nôtres. Serait-ce parce qu'elle a une plus longue expérience de *la liberté définie*, de cette liberté si chère à tous les français quand on ne la confond pas avec la licence?.... Quoiqu'il en soit, il me semble qu'il s'établit en France un autre genre de CANDIDATURE pour les élections, que celui assez barbare que l'on pratique en Angleterre. Le malheureux qui s'y laisse entraîner au noble désir d'être utile à son pays, en laissant à sa famille le patrimoine inestimable d'une honorable renommée, avant de recueillir les précieux témoignages de la confiance de ses commettans, est exposé à supporter toutes sortes d'humiliations et d'outrages, à courir même, sans aucune gloire, des dangers qui flétrissent l'ame et révoltent le courage. Grâce au ciel, il n'en est pas encore de même parmi nous : les insultes, les menaces ne sont point prodiguées aux candidats que l'estime de ses compatriotes désigne. Il n'est point obligé d'acheter indignement leurs suffrages par des bassesses et du *Porter*. Il n'est qu'une chose que nous empruntons à cette nation, dont la populace est si fière et presque sauvage, quoique cependant elle ne soit pas meilleure que les autres : ce sont les pamphlets. Une foule de jeunes auteurs anonymes, sans mission et sans titre, publicistes d'un jour, citent à leur vain tribunal le candidat que de ténébreuses correspondances leur signalent, et veulent l'obliger à publier le manifeste de ses désirs et de ses intentions. — *Si vous voulez être élu, prononcez-vous*, disent-ils : *que demanderez-vous à la Chambre? quels principes défendrez-vous? quels abus attaquerez-vous? êtes-vous pour l'arbitraire ou pour la liberté? parlez, répondez clairement; si non, non.* — Cela est fier et positif : nous en avons vu naguère plusieurs exemples remarquables. En vain le mérite modeste se tenait à l'écart, attendant paisiblement le résultat du scrutin; il était harcelé, interpellé sans relâche; on lui faisait presque un crime de son silence. La même marche va sans doute avoir lieu pour les prochaines élections, puisqu'un brave homme, que je m'abstiendrai de nommer, m'écrit : « *Voulez-vous être candidat?* » *Quelques uns de mes amis ont le projet de vous porter;* » *mais nous voudrions savoir franchement quels sont vos* » *principes.....* » C'est donc une profession de foi politique qu'on exige; et comme je n'ai à rougir ni de mes pensées, ni de ma conduite, j'adhère à une obligation qui ne saurait me fâcher, quelqu'étrange qu'elle me paraisse.

Voici les questions qu'on a cru devoir me faire. Il en est de pressantes, j'aurais même dit d'embarrassantes, si, avec de la franchise et de la droiture, on était jamais embarrassé de rien.

Que pensez-vous des Ministres ?

Cette première question me semble mal posée. Je n'ai rien à dire des personnes, et je suppose qu'on n'a pas eu l'intention de me faire donner mon avis sur les individus. Mais, dans un gouvernement représentatif, des ministres doivent être responsables : c'est la règle, c'est la loi. Dans la majesté royale, le pouvoir est inattaquable ; mais les délégataires du pouvoir peuvent abuser de leurs mandats, et ce sont eux qui doivent être responsables. Si c'est là ce qu'on a voulu savoir de moi, je le déclare sans hésiter. Je m'étonne, avec tous les gens sages, raisonnables et justes, qu'on n'ait encore rien fait pour arriver à ce résultat constitutionnel, et que les ministres s'en soient tenus à de vagues propositions. Pourquoi ne veulent-ils faire aucune louable concession sur cet article important ? Voudraient-ils être inviolables ? quel bénéfice en retireraient-ils ? plus ils seront honnêtes gens, moins ils chercheront à se mettre à l'abri sous une invulnérable égide. Leur probité, leurs vertus, leurs talens seront pour eux un rempart inattaquable.

Voulez-vous la liberté personnelle, celle de la presse et l'affranchissement des journaux ?

La liberté régnait avec tous ses orages, que j'aimais la liberté ; mais non pas telle que nous l'avions alors ; c'est-à-dire, accompagnée de licence et de crimes. Je voulais une liberté sage, raisonnable, équitable, telle qu'une société organisée peut la comporter ; une liberté favorable pour chacun, sans être meurtrière pour personne ; une liberté que je ne saurais définir que par ces touchantes paroles :

Ne fais à autrui que ce que tu voudrais qui te fût fait (1).

Quant à ce qui concerne les journaux et les livres, je l'avouerai, je n'aime pas les mutilations de la censure : elle a ordinairement l'esprit étroit et des ciseaux perfides qui retranchent le bien et laissent le mal. Hargneuse et difficile, comme le sont tous les gens susceptibles, tout lui paraît allusions, blâme ou menaces. Qu'on la supprime sans retour, que le génie puisse sans obstacle dicter ses lois à l'impuissance jalouse ; mais que des lois propices, sans mettre des bornes à l'élan de la pensée, arrêtent le désordre et punissent les calomniateurs. Ne laissons pas faire un honteux trafic de libelles et d'injures, et que la guerre civile ne se réfugie pas au bout de la plume (2).

Que pensez-vous du jury ?

Institution délicate, qui mérite d'être consolidée et par conséquent perfectionnée. Que le jury triomphe, c'est mon vœu, et qu'avec lui triomphent la justice et l'humanité. Que le code pénal soit réformé ; que les prisons soient mieux surveillées, que l'arbitraire en soit banni, comme

(1) Je l'ai déjà dit, on offre toujours l'Angleterre à notre admiration comme une nation libre dont nous devons emprunter les usages. Ce n'est point mon avis. L'Angleterre est libre, j'en conviens ; mais elle l'est à sa manière, avec licence et brutalité. Ayons une liberté plus noble, plus loyale, plus décente. Que notre liberté n'effraie jamais la puissance, mais aussi que la puissance n'effraie point la liberté, et qu'on puisse faire, avec sécurité et sans danger, tout ce qui ne peut être nuisible aux autres. C'est le précepte de l'Évangile, appliqué avec d'autant plus de justice aux nations, que tout ce qui nuit à autrui nuit à l'état, en troublant l'ordre et la paix.

(2) Depuis que ces lignes sont écrites, trois nouvelles lois ont été rendues sur ce chapitre. Je ne les juge pas ; j'attendrai d'avoir acquis le droit de contribuer à leur réforme avant d'en parler.

de toutes nos autres institutions. Mon cœur se révolte à l'idée des TORTURES PRÉALABLES qu'on fait subir à des innocens. Que le *secret* (ce sombre réduit du mystère et des souffrances) soit aboli, ou du moins qu'il ne serve plus de prétexte pour ajouter des supplices nouveaux à ceux que les juges auront la douleur de prononcer.

Quel est votre système sur les différentes administrations du royaume ?

Cette question, si courte, exigerait un ouvrage pour y répondre. C'est trop : voudrait-on que je passasse en revue toutes les branches administratives ? que je les montrasse courbées sous la *tyrannie bureaucratique ?....* Ce serait se perdre dans de trop longs détails. Je m'arrêterai donc à un seul point, le seul essentiel dans cette rencontre et celui que peut-être on avait en vue en m'écrivant : je veux parler du système municipal. Nul doute que les départemens et les communes doivent administrer eux-mêmes leurs intérêts locaux. Les communes avaient été affranchies sous nos anciens rois, pourquoi ne le seraient-elles pas de nouveau ? La liberté sera-t-elle pour tous, excepté pour elles? Faudra-t-il qu'une armée de commis, placée dans la capitale, décide, au gré de ses préventions ou de ses caprices, de chaque réparation urgente ?.... Mais, comme ceci n'est point une discussion, et que ce n'est que mon opinion qu'on me demande, je m'arrête : j'en ai dit assez pour la manifester. Ceux qui me connaissent, savent que j'ai une franchise qui n'aime pas à fléchir. J'en ai fourni plus d'une preuve dans une correspondance que je publierai peut-être un jour. On y verra combien je suis loin de toute pensée esclave, et avec quelle force je combattais, en 1815, 1816 et 1817, les mauvaises opérations et les mauvais systèmes adoptés alors dans un grand nombre d'administrations. On avait un but, on y a touché.... ce que je démontrerai complétement, si l'occasion s'en présente.

Et sur l'instruction publique ?

Je répondrai que , dirigée par un pouvoir moins fiscal, je désire qu'elle soit religieuse et libérale. L'université actuelle paraît trop occupée de ses intérêts pécuniaires, et pas assez de l'intérêt moral des familles. Je suis père : ce titre est le garant des principes que j'émettrais dans une pareille discussion. J'écouterais avec mon esprit, je voterais avec mon cœur. Oui , l'expression n'est pas trop hardie, c'est avec mon cœur que je voterais : et, puisque ce mot m'est échappé, qu'on ne me blâme point de me rendre cette justice : j'en fais le serment, c'est toujours avec mon cœur, c'est toujours avec ma conscience que j'approcherais de l'urne chargée de recueillir les votes ; et malheur, mille fois malheur aux êtres infâmes qui , investis d'une aussi noble mission, peuvent consulter d'autres guides ! Que le mépris les atteigne comme le remords les poursuit.

Voilà les demandes principales qu'on m'a faites, et l'on ajoute : *Quelle bannière suivrez-vous ?* Celle de l'honneur, répondrai-je ; je n'en connais pas d'autre. Je désapprouve toutes ces désignations passionnées d'*ultra-royalistes*, d'*ultra-libéraux*.... Je suis fidèle à mon roi, fidèle à mon pays, dont la gloire et l'indépendance me sont chères ; je veux le bonheur de cette patrie, si long-temps opprimée, et qui peut être si heureuse et si florissante. Tels sont mes sentimens ; tels ils furent toujours gravés dans mon ame. J'ai tâché d'en exprimer une partie dans une épître en vers. Je la publie en ce moment, parce qu'elle achève de développer ma profession de foi, et de me montrer tel que je suis.

MES

QUARANTE ANS.

4 *Juillet* 1818.

Déja depuis dix ans ma lyre détendue
A ce fatal cyprès repose suspendue (1);
Là, je perdis la voix qui chantait les Amours,
Et, du crêpe funèbre enveloppant mes jours,
Je pleurai, je gémis près d'une tendre épouse
Qui de me rendre heureux se montra si jalouse.

Isaure ! Isaure ! ô toi que la faux du trépas
Immola sous mes yeux et frappa dans mes bras,
Permets que, me livrant au transport qui m'inspire,
Pour des sons différens je reprenne ma lyre.

O jeunesse de l'homme ! ô brillante saison
Que de ses feux sacrés la sévère raison
Eclaire rarement dans la nuit des orages !
Non, je ne peindrai point tes erreurs, tes naufrages,
Ni ces piéges fleuris où nos pas incertains
Rencontrent trop souvent de funestes destins......
Je vis alors Paris, cette nouvelle Athènes,
Où brillaient au Sénat de jeunes Démosthènes,
Qui, pleins d'ambition, mais fidèles sujets,
Murissaient lentement de sublimes projets (2).
Que j'enviais leur sort, dans ces débats augustes,

2

Alors qu'ils se montraient sages, prudents et justes !....
Impatient de gloire, amoureux des talens,
Peut-être mes progrès devancèrent mes ans.
Jeune et bien jeune encor (3), j'essayai de comprendre
Des neuf célestes sœurs la langue douce et tendre,
Je voulus la parler ; mille sujets divers
Enflammaient mon audace et tentèrent mes vers.
Ce fut là de mes maux la cruelle origine ;
Je crus cueillir la rose et je n'eus que l'épine :
Des critiques méchans, des ennemis secrets,
Dans l'ombre, contre moi, réunissant leurs traits......(4)
Mais que fais-je ? éloignons à jamais de mon ame
Des noires passions la dangereuse flamme ;
Le fardeau de la haine accablerait un cœur (5)
Où l'amour, l'amour seul peut régner en vainqueur. (*)
Et quel mal me feront le sarcasme et l'offense,
Que l'on me prodigua dès ma timide enfance
Au lieu de ces conseils que réclamaient surtout
Ma jeunesse, les arts, la justice et le goût (6) ?
Je peux tout pardonner : des siècles de délices
M'ont bien dédommagé de tous ces longs supplices.

ÉLÉONORE, ô toi que mes amours constans
Se plurent à chanter aux jours de mon printemps !
O toi fidèle épouse et sensible maîtresse,
Que d'instans fortunés je dois à ta tendresse
Depuis l'heureuse époque où l'amour et l'hymen
Ont couronné mes vœux en m'accordant ta main !
Avec quel plaisir pur, n'ai-je pas sur tes traces
A-la-fois cultivé les muses et les grâces !
Ah ! si, d'un cœur modeste écoutant moins les lois,
Tu te fusses prescrit des sentiers moins étroits,
Tu pouvais, d'Apollon parcourant la carrière,
Des modernes Saphos égaler la première !

(*) Variantes :
Où ne peuvent entrer que l'amour et l'honneur.

Hélas! d'un sort cruel les poignantes rigueurs,
Les chagrins dévorans et les tristes langueurs
Ont détourné tes pas des bosquets d'Aonie.....
Le clavier est muet : le dieu de l'harmonie
Appelant aux succès et ta lyre, et ta voix,
Et tes jeunes pinceaux applaudis tant de fois,
Regrette ces beaux jours du naissant hymenée,
Où chaque heure fuyait brillante et fortunée,
Où ta voix modulait les plus tendres accens,
Où ton luth enflammait mes transports renaissans,
Où tes crayons, prenant ADOLPHE pour modèle,
Me montraient de nous deux cette image fidèle.....
O jours trop tôt passés! qu'à mes yeux attentifs
Ces momens de bonheur ont été fugitifs!

Mais pouvions-nous toujours savourer cette joie,
Quand, de sa faux armée, et menaçant sa proie,
Près de nous rugissait l'impitoyable mort,
Qui frappant sans pitié, comme elle est sans remord,
Portant un double coup à ton ame attendrie,
Enleva notre ISAURE et ta mère chérie?...... (7)

O cruels souvenirs! ô funestes malheurs
Qui changeâtes nos yeux en deux sources de pleurs!
En vain ADOLPHE, HORTENSE, unissant leurs caresses,
Voulaient nous consoler à force de tendresses;
Quand un chagrin mortel maîtrisait tous nos sens,
Aurions-nous pu sourire à leurs jeux innocens?
Cependant un ciel pur se levant sur nos têtes
Fit succéder le calme à d'affreuses tempêtes.
Ces temps furent sereins : et, recevant le jour,
Vous vîntes embellir et peupler ce séjour,
Douce FÉLICITÉ, LOUISE plus hardie,
Et toi, folâtre enfant, vive LÉOCADIE, (*)

(*) Variantes :
FÉLICITÉ, LOUISE, et toi LÉOCADIE
Dans ta folle gaieté par l'amour applaudie.

Et toi, SOPHIE, enfin, qui, née après tes sœurs,
Du plus fertile hymen accomplis les douceurs.

Que vous récompensez par vos esprits faciles,
Vos naturels si doux, et vos cœurs si dociles,
Tous nos soins paternels ! Croissez aimables fleurs,
Dont notre main se plaît à soigner les couleurs ;
Tandis que, loin de nous, avec sollicitude,
ADOLPHE, se livrant aux charmes de l'étude,
Dans ce temple des arts (*) où préside FERLUS,
Sage, en qui les talens sont unis aux vertus (8),
Par ses heureux succès surpasse notre attente,
Est estimé, chéri des maîtres qu'il contente,
Prédit, par ce qu'il est, ce qu'il doit devenir,
Et du plus doux espoir flatte mon avenir.

Cher ADOLPHE, par toi, c'est ainsi que ma vie
Sera pleine, complète, et de bonheur suivie,
Si la Parque du moins qui moissonne nos jours
D'un ciseau trop hâtif n'en moissonne le cours. (**)
Puissé-je la remplir de travaux plus utiles !
Sans toi, trop occupé de matières futiles,
Ton père aurait peut-être usé tous ses loisirs
A peindre gravement de frivoles plaisirs. (9)

Dans la société quand l'homme vient à naître,
A la société l'homme doit tout son être ;
C'est un tribut sacré que réclament les soins,
Et les premiers bienfaits qu'exigent ses besoins.
Ainsi, de ses talens chacun devient comptable.
Mais l'ai-je bien payé ce tribut équitable ?
Ai-je bien dignement, dans quelques petits riens (10),
Déployé ma raison libre de ses liens ?
Ou, dans des vers légers, sur les pas de CHAPELLE (11),

(*) Soreze.
(**) Variantes :
   D'un coup précipité n'en arrête le cours.

Ai-je bien satisfait au devoir qui m'appelle ?....
D'un loisir oublieux enfans infortunés,
Ces vers, que déchiraient mes censeurs acharnés,
Parleraient contre moi : la naïve peinture
D'un amour chaste et pur, et pris dans la nature,
Chez ZOÏLE jamais ne saurait me purger
Des torts que, comme lui, je suis pret à juger ;
Et je condamnerais mon indigne faiblesse,
Si, livrant l'âge mûr à la molle paresse,
Depuis dix ans, je n'eusse, éloignant ses faveurs,
Par de plus nobles fruits honoré mes labeurs.

C'est pour vous mes enfans qu'adoptant la carrière
De ce penseur profond, du fameux LA BRUYÈRE,
Dans un cadre pareil j'ai tracé les portraits
D'un siècle bien changé par les mœurs et les traits (12).
C'est pour vous qu'on m'a vu de notre antique histoire
Compulser lentement le vaste répertoire (13) :
Et, perçant ce chaos, reproduire à vos yeux
De nos preux renommés les fastes glorieux.
C'est encore pour vous qu'une longue habitude
Des grands législateurs, dont je fais mon étude,
M'ont préparé de loin aux importans travaux
Que pourront m'imposer des intérêts nouveaux ;
Car pour un autre but il faut que je m'apprête.
Déjà mes quarante ans ont sonné sur ma tête ;
Des folâtres erreurs le temps est écoulé :
Un jour nouveau me luit, la sagesse a parlé !.....

Combien il serait doux pour mon ame attendrie,
Qui d'un ardent amour brûla pour sa patrie (14),
De pouvoir constamment, en digne et bon français,
Favoriser le cours de ses brillans succès
Ou, m'immolant pour elle, ô mon fils ! en partage,
Te léguer d'un nom pur l'honorable héritage.
Si je puis l'obtenir n'en tire aucun orgueil,
Cher ADOLPHE, un grand nom n'est souvent qu'un écueil ;
Il faut le décorer autant qu'il nous décore ;

Qui veut le mériter doit l'agrandir encore.

Ah! si, comme BAYARD, affrontant les combats,
Je ne pus y trouver la gloire ou le trépas,
Ce serait pour mon cœur un insigne délice
Si mes concitoyens, m'ouvrant une autre lice,
M'appelaient à régler, d'une équitable voix,
Les libertés du peuple et le pouvoir des rois (15).
Après de longs efforts, après mille naufrages,
Le vaisseau de l'État, menacé des orages,
Loin du port salutaire, égaré dans son cours,
Sur des gouffres grondans, ballotté sans secours,
Voguant vers l'arbitraire ou vers l'indépendance (16),
Pourrait périr encor; si l'active prudence,
Riche de souvenir, ne montre aux matelots
Le redoutable écueil que leur cachaient les flots.....

Oui, Français! il est temps; réunissons nos forces;
Des traîtres repoussons les perfides amorces,
Et proclamons surtout la légitimité,
Qui seule de l'État fait la solidité (17).
Pour moi, voici le vœu, le serment que je forme :

» A la Charte, en tout point, que le Roi se conforme (18),
» Qu'il fasse asseoir son trône et reposer ses droits
» Sur la religion, les mœurs, l'ordre, les lois.
» Pour un pouvoir si noble, et toujours légitime,
» Je jure d'expirer, s'il le faut, la victime.

FIN.

NOTES.

(1) C'est en 1808 que j'écrivis cette élégie qui terminа mon recueil et mes chants : LA TOMBE D'ISAURE.

LE bonheur est au ciel, le deuil est sur la terre :
Oui, dans ces lieux d'exil, domaines des malheurs,
Chaque heure a ses regrets ; chaque jour, ses douleurs :
Et si l'homme, en passant, tendre époux, heureux père,
Voit naître les plaisirs dans sa jeune saison,
   Bientôt l'orage obscurcit l'horizon ;
La mort, l'avide mort, de sa faux meurtrière,
   Vient recueillir sa fatale moisson,
Et tout ce qu'on aimait n'est plus qu'ombre et poussière.

ISAURE, objet chéri, bel ange de lumière,
Par un arrêt divin où se perd ma raison,
ISAURE, tu n'es plus ! je reste solitaire !
Tes beaux jours à jamais se sont évanouis,
Comme sous l'ouragan on voit tomber des lis
    Qui faisaient l'orgueil d'un parterre.
De parens fortunés quand tu comblais les vœux,
Quand je te contemplais et me croyais heureux,
Hélas ! à notre insu, la mort, la mort impie
Détruisait dans ton sein les germes de la vie.
Je formais des projets, projets trop superflus !
Je rêvais le bonheur de ma fille chérie,
Je traçais sous ses pas une route fleurie,
J'arrangeais son destin.... ISAURE n'était plus !

Quelle ombre à mes regards tout-à-coup s'est offerte ?
Dieu ! quel affreux reveil pour mon ame déserte !
Je voulais démentir les célestes décrets,
Mais tout me confirmait une cruelle perte
Qui condamne mon cœur à d'éternels regrets.

Près de ces lugubres cyprès,
Où trouver aujourd'hui ces flatteuses chimères,
Ces espérances mensongères
Qui m'abusaient d'un sourire imposteur ?
De cet avenir séducteur
Que reste-t-il à mon ame isolée ?
De tristes souvenirs, un sombre mausolée,
Où d'un père attendri doit veiller la douleur.
ISAURE, pour toujours de nos yeux exilée,
Emporte pour toujours ma joie et mon bonheur.
Ah ! qui consolera la plus tendre des mères ?
Qui pourra mettre un terme à ses douleurs amères ?
Et qui peindra cette scène d'horreur
Où cette infortunée, en proie à la terreur,
Auprès de ce berceau, déplorable théâtre,
Tout prêt à lui ravir l'enfant qu'elle idolâtre,
Veillait sans cesse en face de la mort,
Qui sourde à sa prière, insensible à son sort,
D'ISAURE termina les jours et la souffrance ?
Hélas ! d'un rayon d'espérance
Un moment j'enivrai mon cœur ;
Des Parques, par mes soins, je crus être vainqueur :
Trop douce illusion ! je retrouvais ISAURE ;
Mais la mort triomphait en ce moment d'horreur,
Tandis que mon enfant me souriait encore,
Pleine de grâce et de douceur.
Après un long et dangereux voyage,
Le nautonier retrouve le rivage ;
Du printemps l'hiver est suivi ;
Le calme succède à l'orage ;
Mais rien ne me rendra le bien qui m'est ravi.

ÉPILOGUE DE MES ÉLÉGIES.

Amis trop généreux, si, pendant mes beaux jours,
Sous l'ombrage épais de ces hêtres,
Dans nos promenades champêtres
Ma muse trop naïve a chanté les AMOURS,
Je suis loin de prétendre au grand nom de poëte :

Pour quelques petits airs dont ma tendre musette,
Sur les bords de l'Ariège , a charmé vos loisirs ,
Qu'un orgueilleux laurier ne pare point ma tête ;
  Je ne songeai qu'à peindre mes plaisirs.
Hélas ! ces plaisirs vains n'étaient qu'un doux mensonge
  Qui m'abusait d'un prestige trompeur !
   Ah ! comment chanter le bonheur,
   Lorsque , s'échappant comme un songe ,
Il laisse un trait mortel dans le fond de mon cœur ?....
Qu'ai-je besoin , amis , de vos apothéoses ?
A des êtres heureux portez toutes ces fleurs
Du soufle du zéphir nouvellement écloses ;
  Et de mon front , surchargé de douleurs,
Éloignez ces jasmins , ces myrtes et ces roses....
Isaure ne veut plus qu'une tombe et des pleurs.

(2) A cette époque (1797) les amis de l'ordre et de la France , dans le *Conseil des Cinq-Cents* et dans celui des *Anciens*, voulaient rappeler les Bourbons de la terre de l'exil.

(3) Je n'avais que 15 ans lorsque j'écrivis mes premiers vers. C'était débuter bien jeune dans une carrière si difficile et si périlleuse ! j'eus tort : mais il faut convenir qu'on n'a pas oublié de m'en faire appercevoir.

(4) Ils m'ont destiné des traits de tous les genres. Des critiques, des satires, des épigrammes, des libelles. Tantôt la censure de l'écrit a été poussée jusqu'à l'offense de la personne ; tantôt on tronquait des passages pour rendre mes expressions et mes sentimens ridicules ; tantôt on plaçait calomnieusement mon nom sur des listes où il n'aurait dû jamais se trouver ; tantôt on me prêtait des opinions que je n'avais point. Je pourrais en accumuler une foule d'exemples..... mais j'aime mieux tout oublier. Je ne rapporterai qu'une boutade sans fiel qui m'échappa

3

à l'improviste : *A mes confrères, que j'ai eu le tort de trop louer.*

> Je veux rayer ces vers où ma muse féconde
> Aimait de mes rivaux à dire trop de bien :
> J'étais, comme Sosie, *ami de tout le monde*,
>   Quand personne n'était le mien.

Dans son *Discours sur l'Envie*, Voltaire dit :

> La gloire d'un rival s'obstine à t'outrager ?
> C'est en le surpassant que tu dois t'en venger.
> . . . .
> Qu'il est grand, qu'il est doux de se dire à soi-même :
> Je n'ai point d'ennemis, j'ai des rivaux que j'aime ;
> Je prends part à leur gloire, à leurs maux, à leurs biens ;
> Les arts nous ont unis, leurs beaux jours sont les miens.

Quand aurons-nous le bonheur de voir ces sages conseils servir de règle de conduite à ceux qui se livrent aux lettres ; à ces belles-lettres qu'on a surnommé *Lettres Humaines*, parce qu'elles devraient rendre *humains* tous ceux qui les cultivent ?

(5) Qu'on me permette de rapporter ici une pièce où je me suis peint naïvement : elle date de 1807, et l'on y verra que toujours, *aimer et pardonner* ont été la devise gravée dans mon cœur : A MON LIVRE.

> Pour toi, mon livre, oh ! combien je frémis !
> Trop certain d'être en butte aux traits de la critique,
>   Contente-toi de plaire à mes amis,
>   Sans t'exposer à l'injure publique.
>
> D'avoir peu de lecteurs cependant tu gémis ;
>   Et, si j'en crois ta jeune audace,
> Accueilli de TIBULLE et caressé d'HORACE,
> A leurs sacrés concerts je dois me voir admis
> Dans les doctes vallons de l'antique Parnasse.

D'avance, jouissant d'un succès trop flatteur,
    Par un prestige adulateur,
Dans tes rêves brillans tu crois voir une Grâce
Faisant serrer les rangs à BERTIN, à BERNARD,
Pour toi, pauvre insensé, qui, sans force et sans art,
Du chaste et pur hymen suivis toujours la trace ;
Et COLLARDEAU, CHAULIEU, LA FARE, LÉONARD
T'applaudir de la voix, t'appeler du regard,
    Pour te céder auprès d'eux une place !......

A des songes si doux tremble de te livrer !
D'un chimérique espoir ce serait t'enivrer ;
De ton rhythme brisé l'inégale harmonie
Décèle ta faiblesse et non pas ton génie.

Mais tu ris de ma crainte et veux braver l'écueil ?
Cours donc, cours chez DIDOT étaler ton orgueil,
Et charger ses rayons de ta présence vaine.
Je ne t'arrête plus, ambitieux recueil ;
Offre au premier venu les essais de ma veine,
Et dis aux bons lecteurs qui te feront accueil
Qu'inspirés par l'Amour ils naquirent sans peine ;
Dis-leur qu'amant sensible, époux toujours constant,
    Je suis encor des amis le modèle,
      Et qu'à l'optimisme fidèle,
Malgré les coups du sort, je suis toujours content.

Rêvant de l'*âge d'or* les célestes chimères,
Même au temps désastreux de nos douleurs amères,
    Par les malheurs bien loin d'être abattu,
Je tâchai d'imiter la plus tendre des mères,
    Dont le courage égalait la vertu.

Partisan d'une sage et juste indépendance,
    Mais fidèle à la royauté,
Mon cœur sut repousser une atroce licence
    Qu'on décora du nom de *Liberté*.
Dévoué constamment à ma belle patrie,
    Malgré la rage des pervers

L'aimant toujours avec idolâtrie, .
Je plaignis ses erreurs, je pleurai ses revers
Et sa gloire long-temps éclipsée ou flétrie.....

    Mélange de timidité,
    De tendresse, d'insouciance,
    Dans ma précoce expérience
  On me vit joindre, avec ténacité,
    A l'extrême vivacité,
    Une indulgente patience,
    Et beaucoup de sécurité
  A quelque peu de. sage défiance.
Franc dans mes sentimens, vrai dans tous mes discours,
Étranger à la haine, incapable d'envie,
  Dis-leur enfin, sans chercher de détours,
Qu'aux lieux où je naquis j'ai d'une douce vie
  Par des bienfaits honoré l'heureux cours.

  J'entrais à peine en mon cinquième lustre,
  Lorsque déjà plus d'un suffrage illustre
    Avait enorgueilli mes vers.
Le sensible PARNY, l'ingénieux BOUFLERS;
Le chantre des *Beaux-Arls* et des monts de *Pyrenne* (1),
CARBONELL, dont la voix nous charme et nous entraîne;
  KERIVALANT, qui nous rend MARTIAL (2),
FERLUS, digne héritier du mordant JUVÉNAL (3),
CLÉMENT, de traits nouveaux renforçant la satire (4),

---

(1) Les *Pyrénées* et les *Beaux-Arls*, poëmes de M. CARBONELL.

(2) M. de KERIVALANT travaillait à une traduction des épigrammes de Martial, qu'il avait très-avancée quand la mort l'enleva aux lettres et à ses amis. Il m'a légué ses ouvrages, et je tâcherai par mes soins de me rendre digne de sa confiance, comme je l'étais par mes sentimens de son amitié.

(3) M. FERLUS a traduit, ou, pour mieux dire, imité plusieurs morceaux des trois satiriques latins, Horace, Perse et Juvénal.

(4) CLÉMENT DE DIJON, qui fut quelquefois trop sévère dans sa défense du bon goût.

Le peintre audacieux d'*Hercule au mont Œta* (1),
BALLARD, que sur le Pinde une muse adopta,
BEAUFORT, qui sait charmer comme elle sait écrire,
DESROCHES, dont les vers offrent tant de douceur,
Les VERDIER, les VIOT, souriaient à ma lyre :
CONSTANCE, de son sexe aimable défenseur (2),
BEAUHARNAIS, désarmant l'intraitable censeur,
DEGUERLE et SAINT-VICTOR se plurent à me lire.

Mais tu te plains que j'arrête tes pas !
Je te sermonne en vain, tu ne m'écoutes pas.
Eh bien ! suis malgré moi ton dangereux délire,
   Il te prépare un cruel repentir !
Tu vas, livre imprudent, je dois t'en avertir,
Des malins feuilletons affronter l'inclémence,
Et les longs bâillemens des moroses lecteurs,
Et les sifflets aigus d'une foule d'auteurs,
    Qui se riront de ta démence,
    Au bruit des sarcasmes plaisans
De quelques libertins, que *blesse le scandale*,
   Que deviendront tant de vers innocens
   Sur le bonheur de la foi conjugale ?....
Peut-être même au feu livrera-t-on tes jours ;
   Ou verras-tu chez la beurrière
Finir indignement ta honteuse carrière :
Quel affront pour DIDOT ! quel sort pour mes AMOURS !

RÉPONSE AU DERNIER VERS,

ÉCRITE SUR L'ÉPREUVE EN 1817, PAR M. P. DIDOT.

   Pour moi ne crains pas cet *affront ;*
De tes chastes AMOURS le sort sera prospère,
Et le laurier du Pinde ombragera ton front,
   Comme le myrte de Cythère.

---

(1) M. THEVENEAU, qui a prouvé par son exemple ou par son exception, qu'il n'était pas impossible d'être à-la-fois grand poëte et grand mathématicien.

(2) M.me la princesse de SALM.

(6) Ne sera-ce pas trop oser, que d'opposer ici les suffrages des hommes de lettres les plus estimables, aux violentes censures de mes détracteurs ? mon excuse est dans la constance qu'ils mettent à vouloir me nuire.

VERS

POUR LE PORTRAIT DE M. DE LABOUÏSSE.

Ille suos ignes tenerâ canit arte Tibulli :
Carmina sed vana nobiliora fluunt.
Dùm canit uxorem, gaudes, Hymenœe, tibique
Posteritas vates conjugialis erit.

J.-C. Grancher.

TRADUCTIONS ET IMITATIONS.

En célébrant Vénus et l'amoureuse ivresse,
Trop volage Tibulle, il n'est point ton rival :
Plus heureux, d'une épouse il a fait sa maîtresse ;
Le chantre des vertus, des mœurs, de la sagesse
Sera nommé celui de l'amour conjugal.

M. de Kerivalant.

Du chantre de Délie harmonieux émule,
Pour une tendre épouse il chanta son amour :
Le chaste Hymen en fit son troubadour,
Comme l'Amour fit le sien de Tibulle.

M. Laborie.

Tibulle, ne crains pas ce fortuné rival :
De l'Amour inconstant le sensible poëte,
De l'Hymen plus heureux le fidèle interprête
A l'immortalité marchent d'un pas égal.

M. C.-L. Mollevaut.

D'un laurier chaste et pur sa tête est couronnée.
Successeur de Tibulle il l'efface à mes yeux :
Si l'un fut des amours le chantre harmonieux,
L'autre est celui de l'hyménée.

M. le comte de Saint-Geniez.

Toujours cher à Vénus il sait plaire à sa cour :
Mais ne t'allarme pas, o trop léger Tibulle,
S'il nous peint les plaisirs qu'il goûte tour-à-tour ;
La pudeur qui te craint sourit à ton émule :
Il célèbre l'Hymen et tu chantas l'Amour.

M. GAULDRÉE-de-BOILLEAU, marquis de Lacazze.

Chantre des faveurs de Vénus,
Tibulle, ton rival t'a choisi pour modèle ;
Mais, plus heureux que toi, d'une épouse fidèle
Il a chanté l'amour et tracé les vertus.
    S'il est vrai qu'Apollon te donne
    Des droits à l'immortalité,
Placé tout près de toi par la postérité,
Tu verras ton rival partager ta couronne.

M. le vicomte de TOUSTAIN-du-MANOIR.

Lorsque son luth tendre et sonore
Célèbre le nœud conjugal,
Le doux chantre d'Éléonore,
Tibulle, n'est plus ton rival :
Des volages amours si tu fus l'interprète,
Plus heureux, de l'hymen AUGUSTE est le poëte.

M. CHAUDRUC, baron de Crazannes.

Près d'une compagne chérie
J'ai chanté le bonheur du lien conjugal :
    Ainsi de l'amant de Délie
    Je ne suis point l'ambitieux rival.
Il a de sa maîtresse illustré la mémoire,
    Qu'il soit le chantre de l'amour ;
Poëte de l'hymen est le titre de gloire
    Que je dois obtenir un jour.

M. DUBOS aîné.

Tu craignais, amant de Délie,
Qu'un favori nouveau du dieu de l'harmonie
Ne te ravît sur l'Hélicon
Le sceptre glorieux de la tendre élégie.
Rassure ta jalouse envie ;
Sa place est près de toi dans la cour d'Apollon :
Mais au lieu que l'amour seul t'enflamme et t'inspire,
Pour AUGUSTE à l'hymen il a prêté sa lyre.

M. Alponse MAHUL.

PARAPHRASE DES VERS LATINS.

Lorsque ta muse enchanteresse,
Sur les bords fleuris du Permesse,
Soupira si bien le bonheur
Que donne l'amoureuse ivresse ;
Le sensible Tibulle eut peur
De se voir ravir sa maîtresse.
Bientôt, amant trop soupçonneux,
Il abjura sa jalousie,
Et de tes vers harmonieux
Lisant le recueil à Délie :
« Non, non, ce n'est point un rival,
» Dit-il, ô beauté que j'adore !
» A sa voix flexible et sonore
» Je connais en lui mon égal :
» Par lui je vais revivre encore ;
» Et le chantre d'Éléonore
« Est le Tibulle conjugal.

M. P.–A. MIGER.

Favori des neuf sœurs, il consacra ses jours
A célébrer l'hymen et ses chastes amours.
De l'aimable Parny le disciple et l'émule,
Son bonheur fut plus grand que celui de Tibulle :
Dans sa noble carrière il ne vit point d'égal ;
Et fut le peintre heureux de l'amour conjugal.

M. J.-S.-E. JULIA, de Narbonne.

De l'amant de Délie est-ce un rival encore,
Qui de nombreux lecteurs vient subir l'examen ?
Oui, mais le tendre époux qui chante Éléonore
Est le Tibulle de l'Hymen.

M. le baron de B***

POUR LE MÊME PORTRAIT.

Nouveau Tibulle et rival de Parny,
Du Pinde et de Cythère aimable favori,
Que couronna l'Hymen, dont l'Amour fut le maître ;
D'Éléonore époux, amant, ami,
De ses enfans père tendre et chéri,
Auguste fut heureux et mérita de l'être.

M. Jouyneau-Desloges.

Tendre amant, tendre époux, bon père tour-à-tour ;
Pour chanter dignement son ardeur fortunée
Il épura l'amour au flambeau d'hyménée,
Et rechauffa l'hymen au flambeau de l'amour.

M. Theveneau.

A chanter les nœuds les plus doux
Sa muse fut toujours fidèle,
Et des pères et des époux
Il est l'exemple et le modèle.

M. Du-Tremblay.

Heureux qui peut connaître et sentir son ivresse !
Le chantre des amours et de la volupté,
Célèbre avec orgueil en la même beauté,
Et son épouse et sa maîtresse.

M. P. Didot l'aîné.

Sa fidèle Érato, sa tendre Éléonore
Occupent à-la-fois son esprit et son cœur ;
Chacune d'un tel soin s'applaudit et s'honore :
L'une fait ses plaisirs, l'autre fait son bonheur.

M. Poussardin-Simon.

4

Du plus tendre poëte ingénieux émule,
Hymen l'a distingué pour être son Tibulle.

M. le vicomte de ***

(7) La mère d'Éléonore mourut de chagrin. Une fatale continuité de malheurs déchira cette ame sensible, qui succomba à la douleur peu d'années après mon mariage avec sa fille. Créole réfugiée, elle et son mari avaient obtenu une pension alimentaire. Je ne sais par quelle mesure désastreuse cette pension fut bientôt supprimée, presque pour eux seuls. Elle l'était depuis quelque temps, et de nouveaux chagrins avaient affligé ces dignes parens quand je partis pour Paris (en 1804) dans l'intention de leur être utile. Voici comment je parle de ce voyage dans un poëme inédit :

Tranquille et satisfait d'un revenu modique,
Dans les bras adorés d'une épouse pudique,
Sous le modeste toit où nous coulons nos jours,
Loin du vain bruit du monde et du faste des cours,
Et dans la couche ardente autant que fortunée
D'où l'amour n'est jamais banni par l'hyménée,
Qu'il m'était doux d'entendre, au milieu de la nuit,
Les orages mugir autour de mon réduit,
Tandis que sur mon cœur, sur ce cœur qui l'adore,
Je sentais palpiter le cœur d'Éléonore !
Ainsi devaient mes ans s'écouler dans ces lieux !
Et voilà tout-à-coup qu'un destin envieux,
Pour nous perdre employant son ascendant barbare,
Terrible, entre nous deux s'élève, nous sépare,
Et me force à quitter (peut-être pour long-temps !)
Celle qui de bonheur marquait tous mes instans,
Et qui, comblant mes vœux, prévenant mon envie,
Semait de fleurs pour moi la route de la vie.
. . . .
Mais ces dieux d'ici bas que je vais implorer

Combleront-ils l'espoir où j'ose m'égarer?
Verront-ils en pitié le destin de ton père
Qui, sous d'autres climats, dans un temps plus prospère,
Enrichi des trésors d'un sol officieux,
Mais ensuite appauvri par la rigueur des cieux,
De Saint-Domingue en proie aux plus affreux ravages
Fut contraint de quitter les funestes rivages,
D'abandonner ses biens, ses nègres que son cœur
Toujours sensible et bon traitait avec douceur;
Ses nègres, qui de pleurs accompagnaient sa fuite
Quand il dut s'exiler d'une terre maudite?.....
Ah ! ce tableau touchant pourra-t-il émouvoir
Des mortels affamés d'or , d'honneurs, de pouvoir?

Cette tentative ne fut pas d'abord très-heureuse , et
j'écrivis alors dans un autre ouvrage :

En vain de ces temps abhorrés,
De ces temps criminels que Saint-Domingue expie,
Où ton père, échappant à la révolte impie,
Vit contre lui des monstres conjurés,
J'ai réveillé la mémoire assoupie :
De ses malheurs les funestes aveux
N'ont pu toucher une Cour insensible, etc.

La destinée ne s'arrêta point pour eux à ces peines......
mais je m'arrête : ce n'est point ici le lieu de rapporter
l'histoire des longues et persévérantes infortunes de ces
malheureux créoles.

(8) Le mérite littéraire de M. L.-D. Ferlus est assez
connu, et tous ses amis savent apprécier ses nobles qua-
lités. C'est parce que je l'aimais et l'estimais, que je lui
confiai mon fils; c'est parce qu'il était à la tête d'une
école où j'avais été élevé, que je me décidai pour Soreze
de préférence à une foule d'autres établissemens qui ne
le valent pas.

Soreze ! heureux séjour de mes jeunes années,
   De combien d'heures fortunées
   Vous me rendez le souvenir !
Ces vieux oiseaux des bois, ces montagnes hautaines,
Ces antres ignorés que je sus découvrir,
Ces rochers sourcilleux, infertiles domaines,
   Où j'étais fier de parvenir.
   Plus loin ces voûtes souterraines
Et ce bassin immense (1) où deux monts enchaînés,
Captivant le tribut d'innombrables fontaines,
Par l'ordre de Riquet, à nos yeux étonnés,
Enfante ce canal qui serpente en nos plaines ;
Et les murs de ce parc que j'aimais à gravir
Lorsque ma main pouvait furtivement ravir,
   Vers le déclin de la saison ardente,
La figue savoureuse et la branche pendante,
   Ou rapidement conquérir
Et la pomme vermeille et la poire fondante.
On me guettait ; la peine est trop près du plaisir !
   Mais sous l'abri d'un généreux treillage
   Je me cachais, ou je courais franchir
   L'obstacle offert à mon passage.

Ce morceau est extrait d'une pièce intitulée : *Les Souvenirs*, à laquelle je faisais allusion dans un long impromptu écrit à Soreze, dont je n'ai retenu que ce passage :

   Dans cette agreste solitude,
Où régnent l'innocence et l'amour de l'étude,
A ces plaisirs passés je viens encor m'unir.
   En avançant dans l'avenir,
(De nos sensibles cœurs c'est le besoin suprême)
On aime à replier ses pensers sur soi-même,
   A revivre de souvenir.
Consolant *Souvenir*, j'ai redit ta puissance

---

(1) Saint-Féréol.

Quand je peignis les jeux qui charmaient mon enfance;
 Ces monts voisins, audacieux remparts
  De cette brillante vallée ;
Ce bassin immortel, ce chef-d'œuvre des arts,
Où l'ame de Riquet s'est jadis signalée ;
Ces triomphes (1), rivaux des triomphes des Mars,
Qui d'un noble guerrier, qui du brave Villars
Firent battre le cœur de surprise et de joie ;
Achille moins heureux n'avait soumis que Troie!.....
O fête plus touchante! ô prix plus solennel!
C'est ici que jouit tout l'amour paternel !
  C'est ici la gloire des mères !
Lorsque ces jeunes fronts, dans des luttes si chères,
Étincellent, ornés des palmes du vainqueur,
  De leurs parens qui peindrait le bonheur ?

(9) *Pièces fugitives, contes, épigrammes* et autres morceaux que je pourrais appeler *les délits de ma jeunesse,* aujourd'hui que de plus sérieuses occupations ont donné plus de maturité à mon esprit et plus d'utilité à mes travaux.

(10) Les AMOURS A ÉLÉONORE, *recueil d'élégies divisé en trois livres.* Il a eu deux éditions. La première n'avait point paru qu'un poëte m'écrivait :

 J'ai lu ces vers que ta muse flexible
Redoute en vain de produire au grand jour;
Va, ne crains rien, le Français est sensible
Aux vers dictés par le goût et l'amour.
Que si Zoïle au combat te défie,
Laisse tomber ses inutiles coups :
L'on doit en paix braver la jalousie,
Lorsque l'on peut éclipser les jaloux.

     M. J.-C. GRANCHER.

———

(1) Distribution solennelle des prix aux élèves de Soreze.

La seconde m'attira ce compliment :

J'ai lu ces AMOURS enchanteurs,
Ces vers touchans à ton Éléonore ;
Quel éclat doux et pur ! quelles fraîches couleurs
Animent les accords de ta lyre sonore !
Ton livre est un jardin semé de mille fleurs ;
L'Amour, non cet enfant corrupteur et volage
Dont Tibulle et Properce ont chanté les douceurs,
Mais ce dieu que tu sers, l'Amour fidèle et sage
A peint lui-même en ton ouvrage
Et tes chastes plaisirs et tes molles douleurs.
Poursuis, époux d'Éléonore,
Et laisse en paix des censeurs impuissans
Prétendre condamner tes loisirs innocens :
Aux plus doux chants dont le Pinde s'honore.
Les immortelles sœurs associront tes chants.

M. P. ALBERT.

Un autre a consigné au bas de la page 142 des AMOURS.

L'aigle intrépide aux plaines éthérées
Égarera son vol ambitieux ;
Toi, doucement, tourtereau gracieux,
Suis de Vénus les colombes sacrées.

Le grand Pindare a chanté les héros ;
D'une aile ardente il s'élance à la gloire :
Chantre des jeux, le sage de Théos,
En soupirant les hymnes de Paphos,
A l'avenir confiait sa mémoire.

Célèbre encor l'Hymen et les Amours.
A ton bonheur, à ta gloire fidèles,
Ces dieux charmans, qui t'ont fait tes beaux jours,
Gardent pour toi des fleurs toutes nouvelles.

M. CARBONELL.

On me rendra, je pense, assez de justice pour croire que je ne me laisse pas enivrer par tous ces éloges; mais ces honorables suffrages que je publie sont un bouclier que j'oppose à mes critiques; et mes lecteurs verront du moins que je n'ai pas toujours recueilli des injures pour l'innocent emploi que j'ai fait de mes loisirs.

(11) *Voyages* (en prose et en vers) à *Roudeilhes*, à *Saint-Maur*, à *Montrouge*, à *Trianon*, à *Longchamp*, à *Saint-Léger*, *campagne de* M. de BOUFLERS, etc.

(12) *Pensées, Observations et Réflexions morales, politiques et littéraires.* — Ce livre, plein de maximes et de *caractères*, a eu trois éditions. Il ne me siérait pas de rapporter tout le bien qu'on en a dit; mais je ne puis refuser à l'auteur de la lettre suivante, de la placer ici, comme il le désire, quelque flatteuse qu'elle soit :

« J'ai reçu à-la-fois le recueil de vos *Voyages* et celui » de vos *Pensées*. Ainsi voyageaient autrefois *Horace* et » *Chapelle*; ainsi pensaient *Épictète* et *La Rochefoucauld*. » Mais les aimables voyageurs et les penseurs profonds » deviennent tous les jours plus rares.

» Non loin de Tibulle et d'Horace,
» O vous qui, sur le double Mont,
» Obtiendrez sans-doute une place
» Entre Chapelle et Bachaumont;
» Vous qui marquez dans la carrière
» Où notre immortel La Bruyère
» Figura jadis sans rivaux;
» Digne ami, recevez l'hommage
» Qu'on rend à vos heureux travaux.

» On applaudit au jeune sage.

» Qui, le front couronné de fleurs,
» N'affecte point cet air sauvage
» De nos éternels raisonneurs ;
» Et qui prouve, en suivant les traces
» De Socrate et d'Anacréon,
» Qu'on peut faire parler aux Grâces
» Le langage de la Raison.

» Avec plaisir mon œil contemple
» Le plus aimable des penseurs,
» Dont les ouvrages et les mœurs
» Offrent le précepte et l'exemple ;
» Qui, tendre amant, plus tendre époux,
» Ne conçoit pas de sort plus doux
» Que près de son Éléonore ;
» Et qui sur sa lyre sonore
« La célébra dès son printemps.

» Ah ! jusqu'à vos derniers instans
» Chantez une union si belle !
» Heureux qui comme vous rappelle
» Le Troubadour, toujours fidèle,
» Aux Muses comme à la beauté ;
» Et qu'enfin la postérité
» Vous cite à son tour pour modèle.

» Je vous ai aussi une obligation particulière d'avoir
» donné une nouvelle vie à l'intéressant DOUGADOS, père
» VENANCE. Il appartenait de droit au *frère Tibulle* de
» faire revivre le *frère Anacréon.*

» Continuez toujours à rendre aux amis des lettres
» des services aussi signalés, etc. »

M. le comte BLANCHARD de LA MUSSE.

Je joindrai encore à cette lettre l'épître suivante A M. de
Labouïse sur ses PENSÉES :

Vous, des neuf sœurs le plus cher des amans,
Vous qui savez cadencer sur la lyre
 Ces jolis airs, ces riens charmans,
 Qu'Éléonore vous inspire ;
 Heureux rival d'Anacréon,
Qui de Tibulle éprouvez la tendresse,
Qui de l'hymen peignez la douce ivresse ;
 Pourquoi, sans l'aveu d'Apollon,
Quittez-vous les bosquets qu'arrose le Permesse ?

Je le vois à regret, le luth des troubadours
 Ne suffit plus à votre noble audace ;
Il faut une autre gloire à l'élève d'Horace,
 Et pour Pascal vous fuyez les Amours.

Ah ! reprenez plutôt votre lyre sonore,
Chantez en vers heureux, chantez Éléonore ;
 Parny sourrit à vos accens ;
Et Deguerle et Bouflers, ces poëtes aimables,
 Ont, à l'envi, des fleurs les plus durables,
Couronné votre front, votre muse et vos chants.

Vous qui savez trouver le secret d'être sage
Au milieu des dangers que présente Paris,
 Vous que les Grâces et les Ris
Ont caressé dès votre plus jeune âge,
 Vous qui d'un charmant coloris
Ornez toujours un riant badinage,
Laissez-là, croyez-moi, Messieurs les beaux esprits
S'égayer sur des feux par les vertus nourris ;
Leurs sarcasmes grossiers ne durent qu'une aurore,
Tandis que les attraits, le nom d'Éléonore
 Sont immortels ainsi que vos écrits.

M. P. ALBERT.

(13) *Biographie des Éléonores célèbres; et Nouvelles Re-cherches historiques sur les Troubadours, les Trouvères et les Chevaliers.* Ce dernier ouvrage, qui sera considérable, n'est pas encore terminé.

(14) Tous mes écrits sont empreints de ce noble amour de la patrie, qui m'inspira si souvent : dans mes poésies érotiques même, il n'est presque pas de page où je n'aie consigné quelque honorable souvenir historique, ou quelque titre de gloire pour cette belle France, dont la prospérité me fut toujours si chère.

(15) Je disais à nos députés qui allaient s'assembler, en septembre 1815 : « Osez ; applaudis, secondés par la « France entière, votre patriotique audace doit être sans » crainte, comme votre courage sera sans danger. Vous » nous trouverez tous prêts à soutenir vos efforts d'un » assentiment unanime. *Il n'est qu'un pas du capitole à la » roche tarpéïenne*, disait un homme trop célèbre ; mais » ce temps de factions, de fureurs populaires n'existe plus, » la *roche tarpéïenne* n'est nulle part que sur l'échafaud » destiné au crime, comme le *capitole* est pour la France » dans le château des Tuileries, où résident à-la-fois » toutes les consolations et toutes les espérances. » Je disais encore à la même époque, au sujet de quelques réactions et de quelques massacres : « Français ! reveillons-nous, « réveillons notre antique énergie ; arrêtons les complots » de la haine ; mettons un terme aux triomphes des mé-» chans ; la guerre civile est dans notre sein ; il nous » faut étouffer cette guerre civile. Dieu ! quel horrible » délire ! serions-nons réservés à nous déchirer entre nous? » des Français égorgeraient des Français ! mais sont-ils » Français ces lâches qui volent, qui pillent, qui tuent? » non, la nation les désavoue comme des enfans ingrats

» et rebelles..... Insensés ! à quelle extrémité vous porte
» le vain prétexte d'une injuste vengeance ? nos revers
» furent grands, je le sais.... mais quand le meilleur des
» monarques est rendu à notre amour, est-ce à vous,
» est-ce à vos mains criminelles qu'est réservé le pouvoir
» de cicatriser les larges plaies de la France ? hélas ! ces
» plaies vous allez les agrandir encore ! » Telles étaient
les vérités que je publiais dans un moment de trouble et
d'effervescence, où toutes les exagérations paraissaient
presque naturelles. Je trouve encore dans le même ouvrage un conseil que je m'applaudis d'autant plus d'avoir
donné, qu'il a été suivi à la lettre. Le voici : « Un des
» biens que je désire, c'est que la chambre, grande, dé-
» sintéressée, généreuse, renonce à tout salaire ; son
» salaire sera l'honneur. »

(16) Ni l'indépendance, ni l'arbitraire ne conviennent
aux Français; ceci n'a besoin ni de raisonnemens, ni de
preuves.

(17) « Quel spectacle peut être plus touchant (disais-
» je en 1814) que le retour de ces excellens princes, qui
» reviennent avec toute la bonté des Bourbons et toute
» l'expérience du malheur. »

(18) J'écrivais en 1814 : « Il faut une règle, et les peu-
» ples méritent d'avoir une *garantie.* Personne ne contes-
» tera ce principe. Les princes qui reviennent parmi nous
» sont d'excellens princes ; il y a quelque chose en eux
» de cette bonté céleste que donne le malheur, de cette
» indulgence paternelle que le ciel inspire, et de ces nobles
» idées que l'instruction fait naître. Mais il peut se pré-
» senter parmi leurs descendans quelque indigne rejeton,
» qui, démentant les vertus de son antique race, veuille

» asservir ce peuple brave et généreux qu'il ne de-
» vait que gouverner : ayons donc une *Charte* ; ayons
» donc des *institutions fortes et libérales.* » Et en 1815 :
« N'avons-nous pas une *Charte* conservatrice ? Que cette
» *Charte* soit notre refuge , qu'elle soit notre sauve-garde.
» Elle est l'arche-sainte que notre respect doit entourer ;
» elle est l'arche d'alliance qui doit nous réunir aux pieds
» du trône. » — On m'a demandé quels étaient mes sentimens ; les voilà. Ils étaient imprimés d'avance, sans pré-
voir l'usage que je pourrais en faire un jour. Mais, je l'ai
déjà dit, je n'écris jamais que d'après mon cœur, et un
pareil conseil ne trompe jamais.

FIN DES NOTES.

www.ingramcontent.com/pod-product-compliance
Lightning Source LLC
Chambersburg PA
CBHW060909180626
46818CB00004B/1891